Roberta Dapunt

Nauz

Gedichte und Bilder

TransferBibliothek
FolioVerlag

Roberta Dapunt

Nauz

Gedichte und Bilder

Ins Deutsche übersetzt von
Alma Vallazza

ladinisch und deutsch

TransferBibliothek CXIII

Die Drucklegung erfolgte mit freundlicher Unterstützung
• durch die Abteilung ladinische Kultur in der Südtiroler Landesregierung,
• durch EPL – Ert por i ladins,
• durch die Autonome Region Trentino Südtirol über das Südtiroler Kulturinstitut.

Die Arbeit an der Übersetzung wurde vom deutschen Übersetzerfonds gefördert.

Graphische Gestaltung: Dall'O & Freunde
Druckvorstufe: Typoplus
Printed in Italy

ISBN 978-3-85256-582-8

www.folioverlag.com

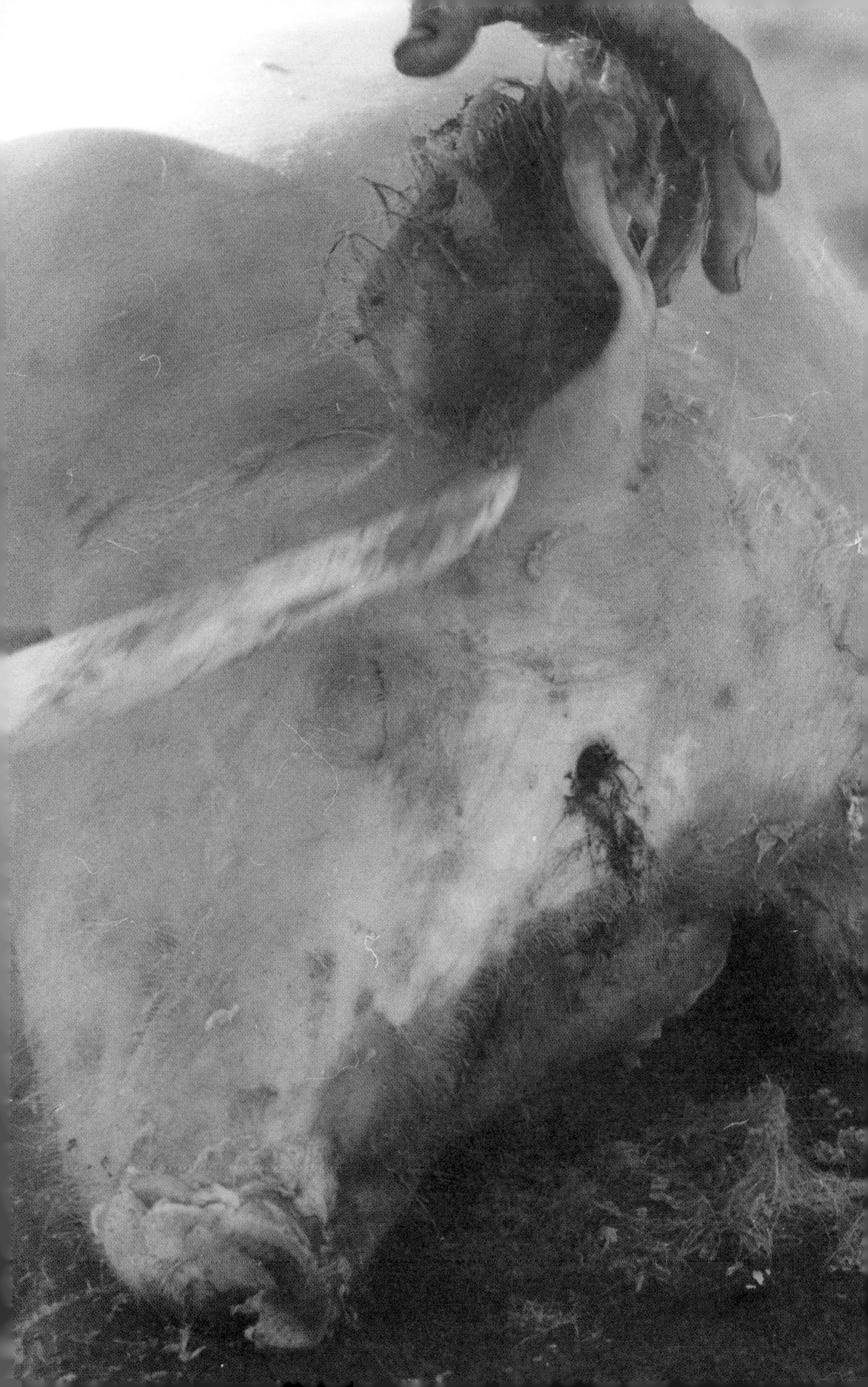

Ich will dir erzählen, wie die Langsamkeit an diesem Ort nach dampfenden Eingeweiden riecht. Während der Winter ungerührt weiter schneit, ist der Blick des Schweins, das am Boden zuckt, offen, es weiß nicht, dass es sterben wird, und doch versucht es verzweifelt, die Verwirrung loszuwerden, es zappelt, bäumt sich auf, verharrt. Noch stellt es Fleisch und Benommenheit aus, dann hält es still, ergeben. Wir, die wir uns von außen nichts ansehen, haben innen ein klares Bewusstsein. Es erkennt die Augen, die dem Versteinern der Luft zusehen, und die Resignation, die sich unterhalb der Wimpern ausbreitet, den Körper, der ausharrt in zäher Todesangst, überwältigt vom alles beschließenden Tod. Dessen grausamer Wall ist die Finsternis.

So wohnen wir seinem Todeskampf bei – gedankenlos, aus Notwendigkeit und Absicht. Wir sind. Nicht mehr und nicht weniger, wir passen uns an. Das ist die hiesige Wahrheit, die der Nase für wenige Minuten im Jahr den Geruch eines entlassenen Herzens gewährt. Üppig gedeckt ist unsere Tafel, wiederkäuen werden wir das unbestattete Tier.

I ó te cuntè de sciöche la pëigrizia te chësc mêsc tofa da stentins che füma. Y intratan che l'invern indeferënt nëi pro, à l'porcel che züca ia por tera na odlada zertia, al ne sa nia ch'al mör, mo prô impò da parè ia l'fistide, al scricia, pëta n salt y s'archita spo. Vignitant, por n momënt, làscel jö ćern, inciurnida y sorvidù se frëmel. Nos, deforaìa, n'odun nia, mo daìte é la cosciënza via. Ëla vëiga i ödli che ćiara tl'air tratan ch'al devënta pera y la rassegnaziun che plan plan desfanta sot les cëies, l'corp che arënta te na tëma pëigra da jì a fin y rüva spo tla mort che ne pisima nia. Dla mort é la scurité na stuada crüdia.

Insciö nes fajunse ghesć de süa angonia, a jaiun da nösc pinsiers por nezescité y intenziun. Nos sun. Nia de plö, nia de manco, a chësc s'ausunse. Al é verité de chësc post, che por püć menüć al ann, lascia indô tl nês l'odur de n cör trat demez. Mësa pasciüda la nosta, te nosta boćia romiarunse l'tier che ne gnarà nia sopolì.

Lied am Morgen

Hastig frisst das Schwein am Trog, wird fett und gut,
das zufriedene Tier legt zu, seine Schwarte blüht auf.
Heute morgen nun ruft eine Stimme nach dir
und du trottest neugierig auf deinen Metzger zu.
Der Rüssel stöbert am Boden, durchwühlt Heu und Stroh,
ein zärtlicher Klaps, ein Schuss, und du kippst in die Spreu.
Das Blut gurgelt, die rote Spur versiegt im Schnee.

Schweigend wartet der Metzger auf dich, stirb Schwein!
Geharzt, die Borsten abgeschabt, liegst du in der Wanne,
aus dem Maul rutscht dir die Zunge.
Armes Schwein, hängt nackt am Haken,
heute Abend soll es Würste geben.

ćiantia dadoman

Rafa l'noc pro l'nauz, se miora devënta bun,
l'tier contënt, slunfa la böta, sò cioce florësc.
Y incö dadoman te chërda na usc, tö corius
i vas do a tò bocà.
Snüfa, l'nês s'infiza, runćia stöp y paia,
n'aicia y n bòt, tomest' ia por tera,
fej l'sanch na burta vera, cöc' fostü tla nëi arfera.

Chît bocà t'aspeta, mör porcel!
Sterne maestra, ponü te moltrà, abonora lënga toma
y sëdes la morona se romona.
Pür' porcel tüa pel desnüda,
taca sö l'bestiun, insnöt les liagnes se mangiunse.

föies da flu

Sciöche te na copa de odurs impé amesa zopa de cultüra
ma ćiarü surt me roda incëria, a jaiun süa ćiaradüra.
Y la mia, tëgn tles mans na maza da famëi,
pastoral tut adimprëst por mostrè l'dër tru
vigni iade plö ri, chirì les dërtes rajuns.
Vì ma porcel, porcel vì ma ca!
Ite te lasci, te chësta doman, tl orì de sorëdl a morì.
Y tö ćiares sarëgn ia por tera, degun tëmp de fluridüra.
Sce nia, altamo la blanćia nëi tol sö sanjares,
föies da flu dan Nadè.

Blüten

Wie in einem Grüchekelch stehe ich aufrecht im Mist,
nur stummer Nebel rundum, nüchtern ist seine Gestalt.
Die meine mit dem Hirtenstab, dem Bischofsstab in der Hand,
ausgeliehen, um den rechten Weg zu weisen,
jedesmal schwieriger ist es, die richtigen Gründe zu finden.
Komm her, komm schon her, Schwein.
Ich entlasse dich in diesen Morgen, in den aufgehenden Tod.
Und du äugst heiter auf den Boden, wo jetzt nichts blüht.
Nichts, nur der weiße Schnee fängt dein strähniges Blut auf,
Blüten sind es zur Weihnachtszeit.

Ladinisches Gedicht, wie schwer es mir fällt, dich zu schreiben.
Schaut aus dem Fenster und sieht vor allem Wetter und Jahreszeit,
kein Gedanke an die eigenen Leute, kein Heimatdorf.
Beim Fortgehen immer ein Stoßgebet zum Himmel,
so gering ist das Vertrauen in meinen Glauben.
Wurzeln lösen, Augen und Ohren entwurzeln, nicht bleiben
und Hände und Füße auf saftigere Weiden treiben.
Wortfelder düngen, Sichtweisen mästen,
und dennoch der Blick wie durch ein Guckloch zurück.

Vers ladin, tan rî che al é da te scrì.
Ćiara da finestra fora y vëiga dantadüt tëmp y sajun,
degun pinsier a jënt ladina, degun paîsc nadè.
Tan püćia crëta a mia confesciun,
n pater, ave, gloria vigni iade da pié ia.
Dejciolè raîsc, desraijé ödli y orëdles, madër s'un trà
y lascè jì pîsc y mans fora por pastöra plö grassina.
Miorè, ingrassè parores y punt d'odüda
y tla finada ćiarè zoruch da n cucher ite.

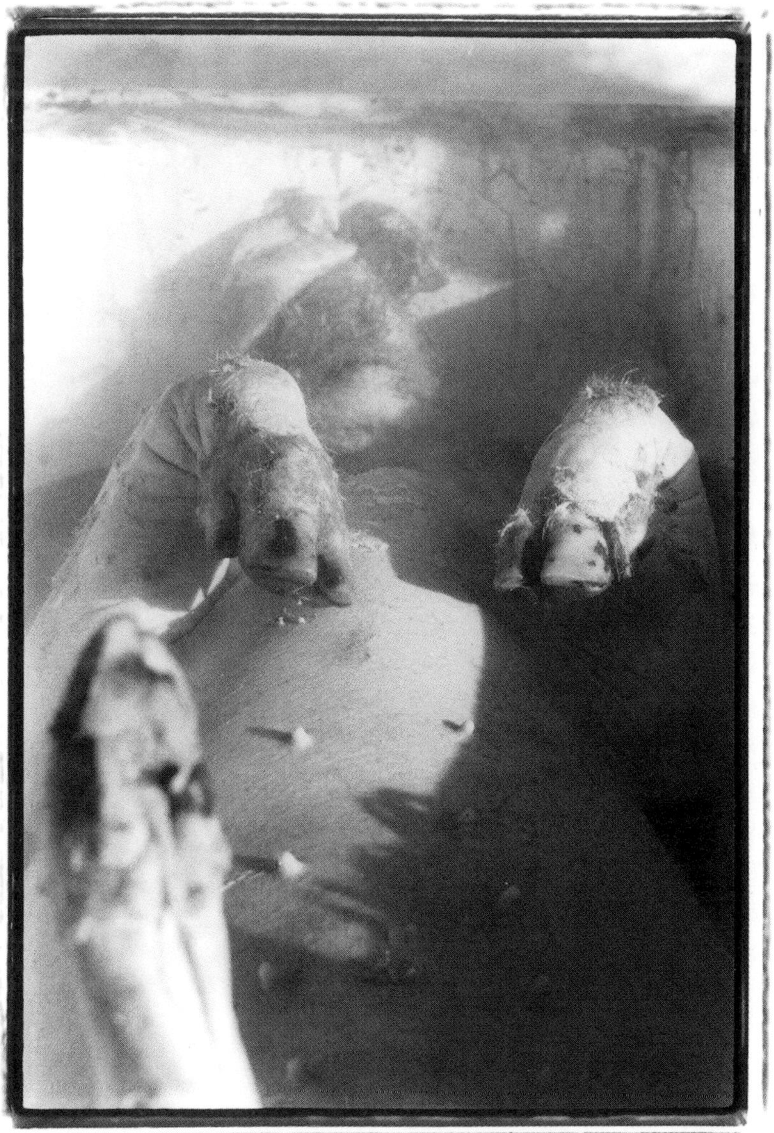

Monolog

Wieder verstrickt sich die muntere Nacht mit meinen Gedanken,
Schlaf zerrt daran wie die Sense am Unkraut,
so erwarte ich dich an der Schwelle meiner Sehnsucht.
Fiebrig und ungläubig ist meine Seele
trotz des Gebets.

Es stockt mein Herz. Könnte ich doch wiederkäuen
wie im Stall die glücklichen Kühe.
Und hier, verborgen, beten,
klar, schlicht und ohne Geräusch.
Wann wirst du mir entgegenkommen?

Die Hefte zum Wörter Ausstreuen sind die Verstecke
meiner Gebete. Wirst du mein Gedicht verteidigen?
Ist es nicht glaubwürdig genug, wird es verachtet,
so sieh doch, mein Gott, wie einsam es ist.
Nichts anderes macht meine Zeit aus der Einsamkeit.

Soll ich verstehen, was du mir sagen willst?
Schlafen möchte ich, nur schlafen.
Und meine Hände lieber ungefaltet lassen,
denn frei bin ich von jeglicher Verstrickung.
Werde Tag, mein Gott! Die Nacht neigt sich zum Ende.

monologh

Indô n iade fej grop cun mi pinsiers la nöt muntra,
som passa dlungia ia sciöche falc pro levic,
i t'aspeti sön limo de mi incherscimun.
L'anima à ciafè borjù, degüna fede
scebëgn che oraziun ne manćia nia.

Mi cör é subuì. Fossi mo bona inće iö de romié
sciöche te stala les vaćes contëntes.
Y chilò perié, almanco adascusc
tan tlera y scëmpla zënza vera,
can me vegnëst' mo adincuntra?

Sterne parores fora por i sföisc, ascognadus
por mies oraziuns, defëneste mo mia rima?
Coiona jënt i versc che à püćia devoziun,
mi Dî ne vëighest' nia tan sóra che ëla é?
Nia ater fej mi tëmp sorënt.

Capì messessi ći che tö sighitëies da me dì?
I oress dormì, demà chësc.
Tëgn mies mans plö gian i dëić indalater,
lëdia sunsi pö da vigni grop.
Stlaorësc mi Dî! Ponn cuntra fin la nöt.

Erst im Dunkeln betest du, bezwungen,
häufst Jahre und Mühen, für einen Arm voll Heu
schwingt der Mensch den Rechen und lässt Träume verdorren.
Schütter ist der Haufen deines Lebens, ausgedroschen und treu.
Will Gott denn dein Elend? Hörst du nicht, wie leise er schweigt?
Es läutet zur Abendandacht, heilsam sind die Gebete,
Heu und Grummet zum Überleben, und im Stall
erwarten dich drei Kühe und ein Schwein.

Prëia adascusc, tan bel te sal chilò,
zidla agn de fadia, por n ablësc de fëgn
mëss jënt trà bagoć y lascè seće vöies.
Fej de püres rodeles tüa vita, stracia avëi y tröpa fedelté.
Ó pa Idî tüa pecügna? Àldeste, tan chit ch'ël scuta?
Mo sona daimprò l'aimaria, fej sana oraziun,
avaié por suraviënza y te stala
t'aspeta trëi vaćes y n porcel.

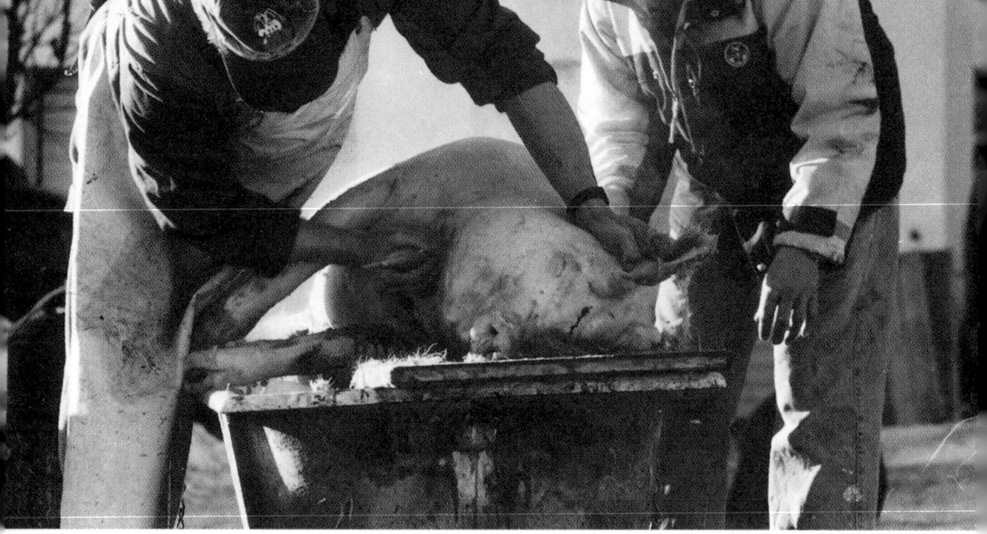

Festlichkeit

Und dahinter deine Einsamkeit, ich weiß,
du trägst das Sonntagskleid und riechst gut.
Festlich ist es in deinem Herzen immerzu,
und eine Gabel in deinen Händen wuchtet Heu
in die Raufe, heute, morgen und alle Tage,
damit es im Stall
stets Sonntag sei.

santù

Y ia do tüa surité, iö l'sa,
vìsteste na iesta y te tofes bun.
Te tò cör él santù tresfora
y tles mans na furćia stracia fëgn
te ćianê, incö, indoman, vigni dé
por che al sides domënia
tres te stala.

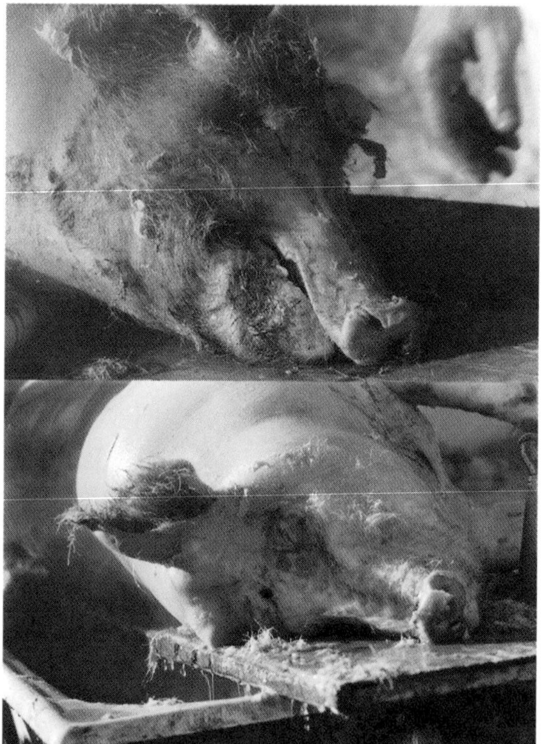

So schlecht das Wetter in diesem unveränderlichen Herbst,
Regen unverdrossen. Inmitten von Nebel und Kälte halte ich inne,
gehe ums Haus, wie bei einem Spaziergang in der Fremde,
auf ausgetretenem Weg
zögert der Schritt nun mehr als zuvor.

Kommst du, jemand, mich heute besuchen?
Auf diesem Hof, dem die Treue einzige Gefährtin ist.
So sitze ich auf der Bank vor der Tür, regennass die Nelken.
Immer noch bin ich hier, als bekleidete ich ein Ehrenamt.
Und der Preis für diese Kanzel ist die Einsamkeit.

Tan ri tëmp te chësc altonn nia da mudé,
zënza palsa la plöia. Mia orela cürta danter ćiarü y frëit,
rodi iö cër ćiasa ia, sciöche a spazier te n raiun forest,
por tan che sëmena oramai pestada fora,
scomöi i vari śëgn plö che mai.

Vëgneste tö, val'un, incö a me ciafè?
Te chësc mêsc che ghira sciöche unica compagna la fedelté.
Insciö sunsi sentada sön banch dan porta, nagules timples.
Tres sunsi iö ćiamò chilò, sciöche te n ofize d'onur.
Mi pëgn por chësc podest, la surité.

Stephanstag

Deine Stiefel zu groß,
stapfe ich vorsichtig Richtung Stall,
ein Eimer Wasser und das Weihwasser,
so hast du es mir beigebracht.

Durch das vereiste Fenster sah ich zum ersten Mal,
was immer unbeschrieben bleibt.
Du rufst, es ist geboren,
sein Aufstehen bricht in die Stille,
und jedes Mal aufs Neue leuchten unsere Augen.
Denk bloß, Lois, wenn das alles nur ein Traum wäre,
in welcher Belanglosigkeit müssten wir morgen erwachen.

San Stefo

Trö'massa gragn é tü stivà,
bel plan arpiza mi vari cuntra stala,
na condla d'ega y l'ega santa
sciöche tö m'as insigné.

Tres la broja sön finestra l'ài udü l'prüm iade
degun vers despaia jö l'debit.
Te chërdes, al é nasciü,
rump l'chît sò luvè sö
y lomina vigni iad'danü nösc ödli.
Pënsa Lois, sce düt chësc foss ma stè n som,
te ći meseria che lovessun indoman.

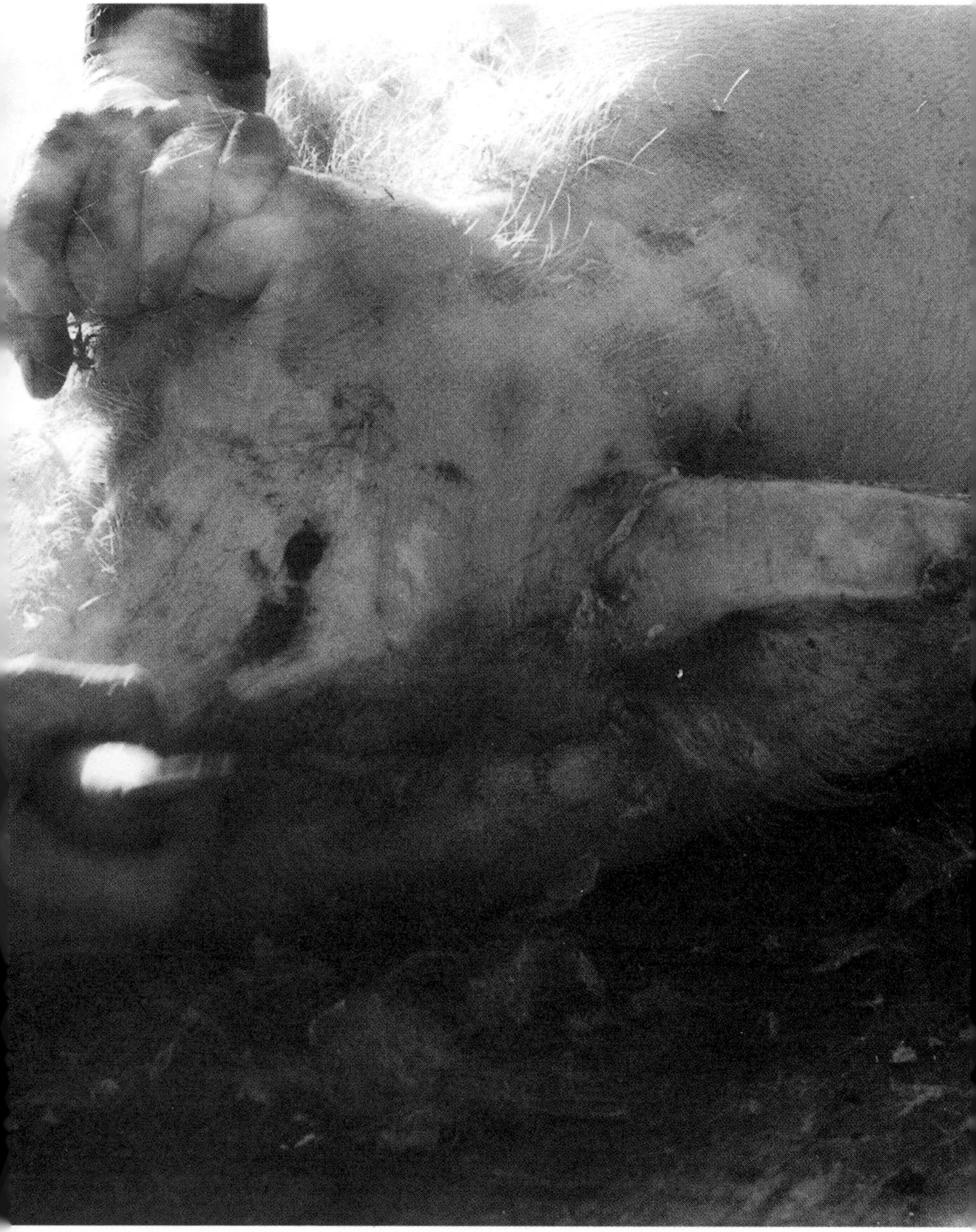

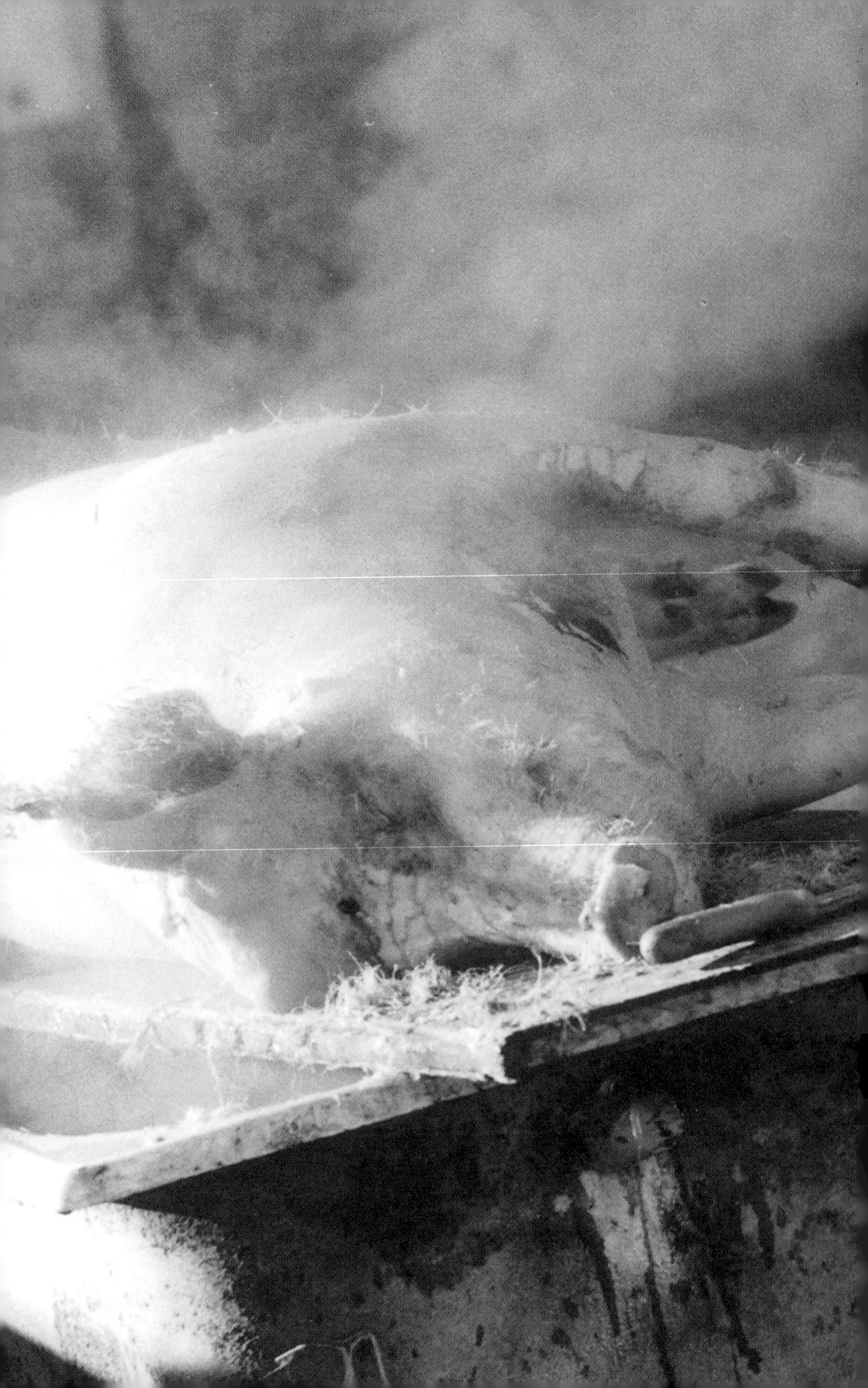

Immer grün im Haus, Grün vor dem Haus,
immer frisches Gras und gutes Heu für den Winter,
ein Schwein und drei Kühe, die kurze Sicht auf die Welt.
Im Verlauf unseres Lebens eignet sich wenig zur Beschaulichkeit
außer dem stillen Gedanken an die kurze Dauer, an ihre Bedingtheit.

Dagnëra vërt te ćiasa, dan ćiasa,
dagnëra erba frësca y de bun fëgn por invernè,
n porcel y trëi vaćes, cürta vijiun sura l'monn fora.
Amez nosta vita confida püćia oraziun
mo bëgn l'pinsier sorënt a cürta durada y condiziun.

Karfreitag

Ratschen drehen, der unselige Klang von nah und fern,
und sprachlos verneigen sich die Glocken vor deinem Tod.
Pünktlich zum Jahrestag der Gedanke an die klopfenden Nägel,
gestreckte Arme durch das Gewicht eines zerschundenen Leibs.
Mitten in den Olivenhain unserer Geschäftigkeiten ragen
dein Blut und dein Schweiß, dein Antlitz. Dagegen nur mein Kopf,
meine unstete Sehnsucht, unschlüssig, deinen Tod zu lieben.

Sie drehen die Ratschen, ein schrecklicher Lärm.
Verbiegen, verbohren sich in die Gedanken, deine Wunden jener Zeit
und jederzeit die Freunde, die abfallen.
Ich nicht minder, ganz allein lass ich dich heut in diesem Traum,
Petrus und Judas sind die Brüder meiner Welt.

Vëndres Sanć

Turna la batora, daimproìa l'sonn dal bur'curù
y zënza dì val' les ćiampanes i porta stima a tüa mort.
Vigni ann danü n pinsier ai agüs. Ëi bat,
arlungia i brac cun pëis de n corp desfat.
Dal urt dal orì amez nosc marćé,
tò sanch y soius, tüa frunt. Mi će su a te punsè.
Zite é mi incherscimun y nia me dëida a ti orëi bun a tüa mort.

Ai turna la batora, fej na burta vera.
Se storj, s'intorj i pinsiers, tües plaies da inlaôta
y aladô dl tëmp i cumpagns che imbanësc.
Insciö inće iö, bel su te lasci incö amez chësc sonn,
Pire y Iüda é fredesc de mi monn.

Schwarze Saat in meinem Gehirn,
entschwebt und treibt aus zu Gedichten
wie Holunderblüten vor dem Stall.

Foscia somënza te mi ciorvel,
jora lëdia y spizorëia
rimes sciöche fios sön faü dan stala.

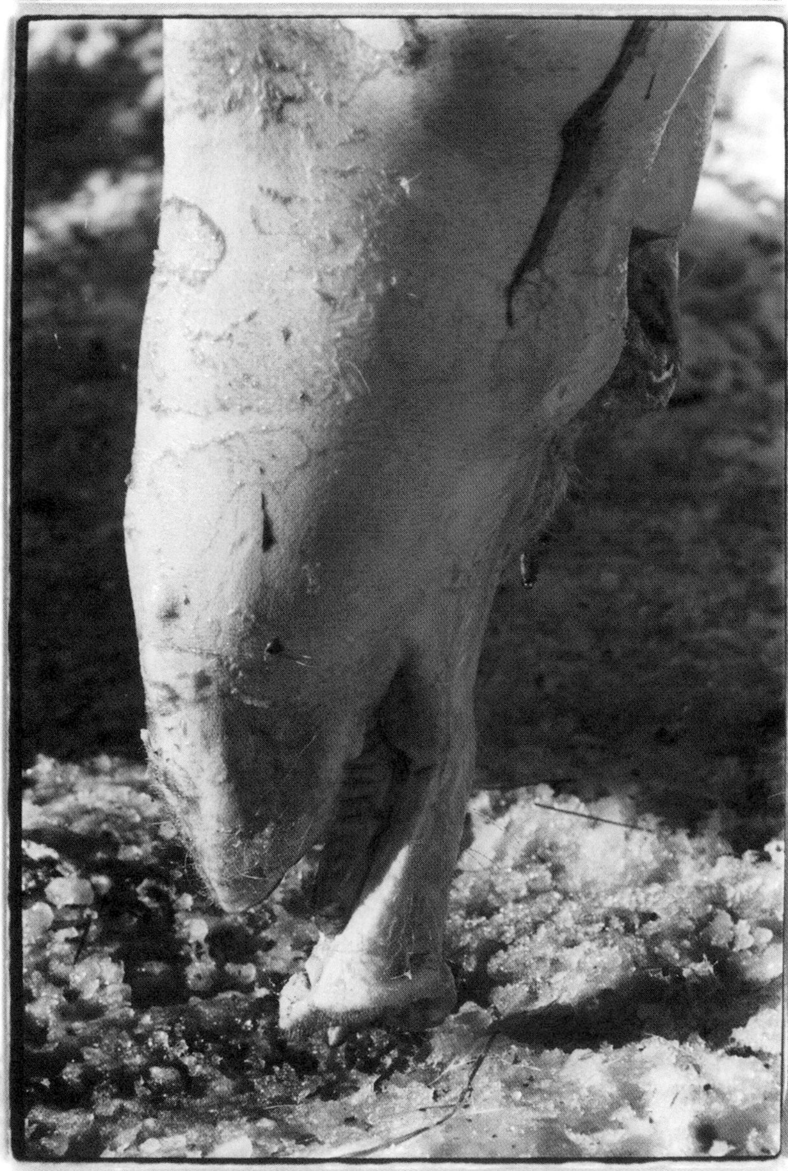

Schlachtzeit

Ich begleite dich zu diesem einen Augenblick der Freiheit,
du neugieriger Dezemberrüssel,
versenkst deine gelbstichigen Klauen in den trügerischen Schnee
und knickst ein. Zurück bleiben die geronnenen Zeugen.

Wacholderduft im ganzen Haus,
gebannt in einem Bild des Todeskampfs die Schüssel,
die Katze aber folgt deinen Spuren,
man hört Gesang.
Still ist's heut Nacht am fettigen Trog,
im Teller Sauerkraut und Wurst.
Wohl bekomm's dem Erschöpften, Würze
und Saft der geschmacklosen Schufterei.
Im Hof fällt Schnee auf die grellen Flecken,
jetzt, wo sogar die Nacht gefriert.

tëmp de maza

I te acompagnëii a n momënt su de liberté
nês corius dl dezëmber,
fej jì sot les aundles farbes tla nëi de stleta crëta
y tomes ia lascian sentënzes paromes.

Bun odur de jenier sura düta ćiasa,
te n cheder d'angonia resta la scodela
ma plö l'giat oramai i va do a tüa striara,
an alda ćiantan.
Chît insnöt dan nauz untic,
te taì straifëia craut y liagnes.
Bun pro a ći che é tut ia,
al é da i dè saù a na fadia insuza.
Cür la nëi corusc scraiënć te plaza
śëgn che inć'la nöt defora jera.

Jeden Tag gehe ich an dir vorüber, kein Gebet,
und doch sehe ich dich.
Verwirrt, verbraucht sind die Menschen, die du uns überlassen hast,
unübersehbar die Spuren ihres ausgebeuteten Lebens.
Verpflichtung und Dienen und das tägliche Arbeitsgewand,
nur vom Sonntag überhöht, ihrem Hüter eines fremden Paradieses.
Und du, Beharrlicher, suchst für mich nach einer Sprache zum Beten,
wo ich doch frei bin von jeder Vertraulichkeit.
Für mich bleibst du eine Nebelbank hoch oben
in einem Himmel, der mehr ist als sein strahlendes Blau.

Dich immer wieder zu betrachten, von dort unten in den Wiesen,
schönere Zierde könnte ich mir nicht wünschen.

Vigni dé te passi dlungia ia, degüna oraziun
y impò te vëighi.
Pordüda jënt nes làsceste sciöche arpejun,
jënt dernada, porta les spëises de na vita fancela.
Oblianza de sorvisc y vigni dé l'guant da laûr,
ma domënia tira dant, verda por ëi n paraîsc forest.
Y tö sighitëies a chirì por mè n lingaz de oraziun,
despartida sunsi pö da vigni fidënza.
Tö restes por mè n banch de ćiarü alt
te n cil che ne s'imbasta nia de sò corú scraiënt, tan blé.

Inant ói te ćiarè, fora insom chisc pra,
plö n bel ornamënt ne podessi impone me damanè.

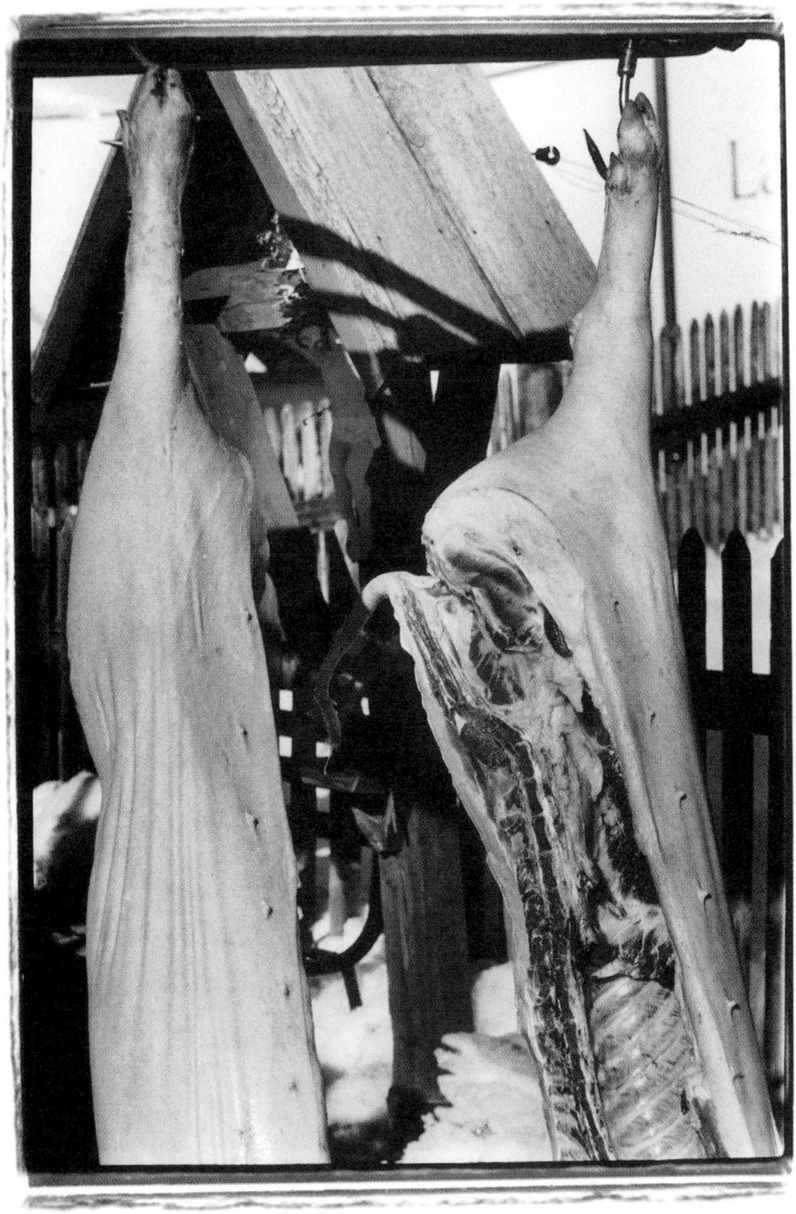

Einmal, als ich zu dir kam, um ein bisschen Mehl zu betteln,
batest du mich herein in deine zufriedene Geschäftigkeit.
Auf dem Herd kochten die fettumrandeten Knochen, es dampfte,
auf Augenhöhe ein Bild mit Äpfeln.
Und als Antwort dein Lächeln.

Tira incö indô a recordanza, en chël dé
ch'i sun gnüda a perié do n pü'de farina,
m'aste dè l'bëgnodü te tüa büsia contënta
y sön frogorè bolî i osc dl porcel tesciüs de gras.
Tl'aria l'tof tüme, sura l'altëza di ödli na pitüra cun pom.
Y tüa riüda fina che retô.

Guten Tag und gutes neues Jahr, Abtei, draußen schreit die Sonne.
Das Grau im Stall tut heute gut,
hier drinnen riecht und dampft es.
Weihrauch und Bescheidenheit stechen mir ins Auge,
auch heute belade ich die Karre mit dem Glückwunsch aller Jahre.

Bun dé y bun ann Badia, defora scraia sorëdl.
Curù grisc incö sta bun te stala,
daìte da porta él ćiarüsc che tofa.
Te mi ödli incënsc y umilté s'impunta,
ćiaria inće incö te ciuvira la medema bambona.

Auf diesem Hof gilt es, unsere Zukunft zu weiden.
Zeig mit dem Finger nach vorn, Schritt für Schritt
gelangen auch wir zum Erblühen, das ganze Erdreich
wird uns zudecken und wieder sprießen lassen.
Ladiner, so klein der Name,
dreht die Augen und blickt ins Weite,
kleinste Herde auch wir nur Pächter auf Erden.

Te chësc lüch, a pascentada resta nosc dagnì.
Mostra inant cun lecaćiadin, n vare indolater
rovarunse inće nos pro florì,
döta tera nes fajarà curtina y spizorada nöia.
Jënt ladina, tan pice inom
rodosa i ödli y ćiara lunć,
mënder tlap inće nos adinfit söl monn.

Die Stalltür

Lass die Stalltür offen als ein Zeichen des Ansehens,
deines Anrechts zu überleben unter tausend anderen.
Dein kleiner Hof, erfahrene Begrenzung jenes Bauern,
der seine Zuwendung einst zu einer Wiese machte,
zum Ausdruck dessen, was ausreicht.

Hier an der Schwelle zum Stall bist du die lebendige Kluft
zwischen Hinwendung zum Kleinen und Blick auf die Welt.
Jener Welt, die dir von außerhalb zusieht, als lebtest du in einem Bilderbuch,
nicht wissend, Bauer, dass du allein der Erbe jener unerhörten Dinge bist,
von denen man nicht erzählen kann. Hörst du deinen Atem?
Er gleicht für mich dem fernen Wehklagen der verendenden Leben. Und
der Krieg.
Hörst du nicht seinen Schrei in deinen Händen, die Karre, wie sie quietscht?

Lehn dich an die Stalltür und schau hinaus, Bauer,
weit weg von hier geht die Welt zu Ende, schreien Tod und Elend,
während der Dünger hier sein immer gleiches Lied singt.
Das Nachdenken über dein tägliches Tun, Christenmensch,
wird niemals jenes der Elenden sein, die ihr Land fliehen müssen.

Keine Fremdsprache, Bauer, keine dir unbekannte Sprache ist die Welt.
Dasselbe Tuch um den Kopf und der zarte Feldspinat auch jenseits der Berge.
Wuchert ladinisches Gras hier auch überall, im Stall und um den Mist,
das feinste Kräutlein bleibt jedes Jahr der bittere Klee, der rundum sprießt.

l'üsc de stala

Lascia davert l'üsc de stala, sciöche sëgn de prestisc,
cernü danter mile lizënzes de suraviënza.
Tò pice lüch, curnisc istruida de chël bacan
che â n iade impradì reconescënza
y espresciun de ći che é assà.

Chilò sön limo de stala, este tö rissa viënta
danter dediziun al pice y vijiun dl monn.
Chël monn, che fora de tüa curt, te vëiga vire sciöche te n liber ilustré,
ël ne sa nia bacan, che tö es arpadù sorënt di chîc che ne va nia da cuntè.
Àldeste to fle? Por mè él anfat ai süsć dalunc, dles vites che lascia do.
Y la vera, ne sënteste nia so scrai te tües mans, la ciuvira che cigognëia?

Vai pormez al üsc de stala y ćiara fora bacan,
dalunć da chilò se rüva l'monn, scraia mort y desgrazia,
tratan che la cultüra presënta tres so medemo pinsier.
La reflesciun de ći che tö cherstian fejes vigni dé,
ne sarà mai chëla di miseri che sciampa da süa tera.

Degun lingaz forest bacan, degun lingaz che tö ne conësces nia, é l'monn.
L'medemo fazorel da incër l'će y la bona ćiamalta florësc inće iadô les munts.
Por tan che erba ladina crësc dlunch incëria, dan stala y pro zopa,
l'erba plö fina é impò l'trafëi ante che vëgn sö vigni ann dlungia ia.

TransferBibliothek **Folio Verlag**

Sämtliche Bände 13,5 x 21 cm

Lászlo Márton Bd. LXXXIV
Das Versteck der Minerva. Roman
Gebunden mit Schutzumschlag, 234 S., ISBN 978-3-85256-445-6

Vincenzo Consolo Bd. LXXXV
Palermo. Der Schmerz. Roman
Gebunden mit Schutzumschlag, 232 S., ISBN 978-3-85256-446-3

Gerhard Ruiss/Oswald von Wolkenstein Bd. LXXXVII
Herz, dein Verlangen. Lieder, Nachdichtungen. Band II
Gebunden mit Schutzumschlag, 152 S., ISBN 978-3-85256-448-7

Maria E. Brunner Bd. LXXXVIII
Indien. Ein Geruch
Gebunden mit Schutzumschlag, 88 S., ISBN 3-85256-474-6

Herbert Rosendorfer/Kay Voigtmann Bd. LXXXIX
Der Gnadenbrotbäcker. Ein Bilderbuch der Unberufe
Gebunden mit Schutzumschlag, 96 S., ISBN 3-85256-475-3

Manfred Peters (Hg.) Bd. XC
Seitensprünge. Literatur aus deutschsprachigen Minderheiten in Europa
Gebunden mit Schutzumschlag, 253 S., ISBN 3-85256-476-0

Michael Hamburger Bd. XCI
Letzte Gedichte
Franz. Broschur, 180 S., ISBN 3-85256-477-7

Andrej Blatnik Bd. XCII
Ändere mich. Roman
Gebunden mit Schutzumschlag, 220 S., ISBN 3-85256-494-4

Martin Kubaczek Bd. XCIV
Sorge. Ein Traum. Roman
Gebunden mit Schutzumschlag, 280 S., ISBN 3-85256-497-5

Luis Stefan Stecher Bd. XCV
Korrnrliadr. Gedichte in Vintschger Mundart
Neuausgabe. Gebunden mit Schutzumschlag, 124 S., ISBN 3-85256-475-3

Michael Hamburger Bd. XCVI
Baumgedichte
Neuausgabe – zweisprachige Ausgabe. Fr. Broschur, 64 S., ISBN 978-3-85256-503-3

Michael Hamburger Bd. XCVII
Aus einem Tagebuch der Nichtereignisse
Neuausgabe – zweisprachige Ausgabe. Fr. Broschur, 144 S., ISBN 978-3-85256-504-0

Josef Oberhollenzer Bd. XCIX
Der Traumklauber. Eine Erzählung in 52 Träumen
Gebunden mit Schutzumschlag, 128 S., ISBN 978-3-85256-510-1

TransferBibliothek **Folio Verlag**

Sämtliche Bände 13,5 x 21 cm

Gerhard Ruiss/Oswald von Wolkenstein **Bd. C**
So sie mir pfiff zum Katzenlohn. Lieder. Nachdichtungen. Band III
Gebunden mit Schutzumschlag, 174 S., ISBN 978-3-85256-527-9

Drago Jančar **Bd. CI**
Der Baum ohne Namen. Roman
Gebunden mit Schutzumschlag, 329 S., ISBN 978-3-85256-529-3

Herbert Rosendorfer **Bd. CII**
Letzte Mahlzeiten. Die Aufzeichnungen des königlich bayrischen Henkers Bartholomäus Ratzenhammer
Gebunden mit Schutzumschlag, 134 S., ISBN 978-3-85256-529-3

Toni Bernhart (Hg.) **Bd. CIII**
Johann Herbst: Das Spiel vom Eigenen Gericht
Franz. Broschur, 128 S., ISBN 978-3-85256-535-4

Ferruccio Delle Cave/Martin Hanni (Hg.) **Bd. CIV**
Lyrik im Gespräch. Der Lyrikpreis Meran
Gebunden mit Schutzumschlag, 120 S., ISBN 978-3-85256-530-9

Maxi Obexer **Bd. CV**
Wenn gefährliche Hunde lachen. Roman
Gebunden mit Schutzumschlag, 165 S., ISBN 978-3-85256-555-2

Bora Ćosić **Bd. CVI**
Im Ministerium für Mamas Angelegenheiten
Gebunden mit Schutzumschlag, 160 S., ISBN 978-3-85256-559-9

Martin Kubaczek **Bd. CVII**
Die Knie meiner Mutter und mein Vater im Krieg
Gebunden mit Schutzumschlag, 160 S., ISBN 3-85256-557-6

Klemens Renoldner **Bd. CVIII**
Lilys Ungeduld. Roman
Gebunden mit Schutzumschlag, 261 S., ISBN 978-3-85256-577-4

Drago Jančar **Bd. CIX**
Nordlicht. Roman
Gebunden mit Schutzumschlag, 261 S., ISBN 978-3-85256-576-7

Georg Paulmichl **Bd. CXI**
Nirgendwo. Zweisprachige Ausgabe
Gebunden mit Schutzumschlag, 96 S., ISBN 978-3-85256-579-8

Gerhard Ruiss/Oswald von Wolkenstein **Bd. CXII**
Lieder. Nachdichtungen. Gesamtausgabe in drei Bänden
3 Bände im Schuber, ISBN 978-3-85256-524-8

Herbert Rosendorfer **Bd. CXV**
Huturm. Roman
Gebunden mit Schutzumschlag, 186 S., ISBN 978-3-85256-598-9